Premier Fascicule. *Prix : UN franc.*

TROISIÈME ÉDITION

CHANSONS POILANTES

PAR

ALCANTER et St-JEAN

PREFACE DE WILLY

E. Gatget

PARIS

ALCANTER & SAINT-JEAN, ÉDITEURS

Au NOUVEL ÉCHO

19, rue Cassette, 19

1892

CHANSONS POILANTES

A tous ceux qui nous ont jeté la pierre,
Nous chantons ces chansons.

ALCANTER & SAINT-JEAN.

OUVRAGES DES MÊMES AUTEURS

EN PRÉPARATION :

CHANSONS POILANTES (deuxième fascicule).

FLEURS AMÈRES (poésies).

DEUX DÉCADENTS (histoires vraies)

CHANSONS POILANTES

PAR

ALCANTER ET SAINT-JEAN

AVEC PRÉFACE DE **WILLY**

Illustrations de E. GATGET & L. LAGAULT

Premier Fascicule

PARIS

ALCANTER & SAINT-JEAN, ÉDITEURS

Au NOUVEL ÉCHO

19, rue Cassette, 19

1892

PRÉFACE

Hélas! que j'en ai vu mourir de jeunes gloires chansonnières! Combien cueillies, à peine écloses, par quelque impresario de beuglant, pour la boutonnière d'un Paulus bouffi ou le corsage d'une Yvette plate, se sont fanées (dis moi, Xanrof, dis-moi, t'en souviens-tu?) à la chaleur floricide de la rampe! Hélas! que j'en ai vu mourir... (Voir plus haut). *Mais quelle joie et quel réconfort de contempler s'épanouir, dédaigneux du fumier de la réclame, le talent original et polychrome d'Alcanter de Brahm et Saint-Jean, poussé librement sans le secours du chauffage intensif ni de l' « arrosage », — vous m'entendez bien — robuste, sain, vivace, incompris du snobisme, et point déshonoré par la moutonnière admiration des gothons de Panurge!*

Peut-être, aux époques reculées de leurs débuts... je m'en souviens, c'était en 1890, la Bourgogne était heureuse, moi aussi... Peut-être Alcanter (toujours de Brahm) et Saint-Jean (Bouche d'or) eussent-ils confié l'une de leurs géniales trouvailles à quelque pître d'assommoir musical, inconsidérément, car, κοῦφον ἡ νέοτης, *a dit le judicieux Shakespeare, en la* Henriade. *Mais, par fortune, pas un cabotin n'osa prendre, en ses mains accoutumées au maniement du strass, un de ces coruscants joyaux pour l'exhiber aux foules qu'hypnotise la* Marche des commis-voyageurs. *C'est donc vierge, je veux dire pure de toute vile compromission, que je vous présente, citoyens et citoyennes, cette Muse nouvelle, Rosa-Josepha du lyrisme ironique, idoine à doter, elle aussi, la littérature d'un frisson nouveau. Et vous savez, pas un de ces petits frissons de rien du tout, comme Lotte en porte sur le front ; non, un frisson de tout premier ordre, irrétrécissable, savoureux et séduisant, comme le Frisson (Adolphe) des* Annales politiques et sarceyennes.

Ces poètes sont beaux :

ALCANTER DE BRAHM, *primate dolichocéphale, très dolicho, au chef ombragé d'une chevelure calamistrée galamment, dont Fortunio dirait que le soleil « la dore et qu'elle est blonde comme l'Hébé » de la brasserie où je passe mes soirées à prêcher les doctrines anarchistes. Cette tête fière, toujours en équilibre, repose avec quiétude sur la première vertèbre cervicale, sans se pencher jamais, jamais! immobile et dédaigneuse, laissant au repos les muscles sterno-hyoïdien, omoplat-hyoïdien, sterno-cleïdo mastoïdien et trapèze ; — doux noms! D'ailleurs, rictus suffisamment satanique, œil monoclé comme il sied aux disciples de Scholl, allure montmartroise d'un masher de la Butte, à l'aise dans les salons de l'Elysée-Montmartre comme dans ceux de l'*idem-*Carnot ; circumchahutez, débris du monde enduit de* $C^6 H^2 (Az\ O^6\ H)^3$, *vous pourrez tourbillonner autour d'A. de B. sans que le plus fugitif émoi vienne ravacholer son front, imparide emmi les ruines.*

Voici SAINT-JEAN, *dont on connaît toutes les herbes :*

esprit objectif, fortune insolente, système pileux très développé. Conrartiquement silencieux avec les inconnus, cette constipation verbale ne résiste pas à l'Hunyadi-Janos des laxatives sympathies. Littérateur discret, il découpe des phrases d'une élégance menue, avant de les vernir de poésie, amoureusement; alors, avec le rire muet du trappeur, il les regarde luire. Une grande dame, une très grande dame, la baronne X... (vous l'avez reconnue), m'a confié que, des sombres cheveux de Saint-Jean se dégagent des effluves « délicieuses », comme dit le leader de Littérature et Critique, *une revue où se réunissent, « en un groupe littéraire, quelques jeunes amis », dont les noms scintillent au verso de la couverture : de Bornier, Legouvé, Jules Simon, des babys, quoi!*

Poilante, leur technique. Jamais, — fût-ce devant les alexandrins de l'âge de pierre, taillés par Leconte de Lisle, ou les strophes ductiles qu'étirent de trop roublards praticiens, chipeurs de métaux à la forgue des Complaintes, — *jamais je ne ressentis d'impression aussi poilante. Tantôt, Alcanter de Jean, grâce à une consommation d'apostrophes dont on ne trouverait l'équivalent que dans les plus incandescentes vociférations oratoires de Paul Déroulède, mue cette indication topographique : « Près de l'Ecole de médecine » en un hexapode : « Près d' l'Ecol' de méd'cine », car Moréas lui-même ne manie pas plus audacieusement l'apocope. Tantôt, Saint-Brahm s'amuse à la* Messe des Oiseaux, *parodie dont la finesse n'a pas été comprise de tous, notamment de M. Brunetière, qui l'a passée sous silence au cours de ses récentes conférences odéonesques; il accumule l'ingénuité des hiatus, la puérilité voulue des énumérations ornithologiques, la naïve fraîcheur des sensations et des ruisselets, et des cou-cou, et des cui-cui, à faire crever de jalousie le spécialiste Jean Rameau. Pour synthétiser, d'un mot, mon jugement sur leur œuvre, je n'hésite pas à la déclarer... Poilante.*

Pourquoi suis-je obligé de finir par un reproche adressé à ces deux bardes que j'aime? Ma plume hésite, ma main tremble, et, pourtant, je ne puis me dispenser — allons, ferme mon cœur! — de signaler à M Bottom de Beaurepaire l'effroyable impudicité de la Ballade des Veaux américains *(page 28); dans cette ballade, la sixième strophe; dans cette strophe les deux premiers vers.*

Je ne veux pas préciser davantage.

WILLY.

CHANSONS POILANTES[1]

(1) Un mot d'explication. *Poilantes* est un abréviatif du mot *époilant*, lancé jadis par un de nos confrères du *Chat Noir*. Ceux dont le poil se hérissera à la lecture de ces chansons nous comprendront sans doute sinon, ils feront semblant. Alc et S.-J.

AU MINISTÈRE

A S. E. M. Rouvier.

J'venais d'atteindr' mes dix-huit ans
Et, n' tenant pas à perdr' mon temps,
Je m' fis pistonner par mon frère,
Au Ministère.

C'est en fac' du Palais-Royal
Qu'était situé ce fameux hall,
Où j' débutai dans la misère,
Au Ministère.

J' fis d'abord des expéditions,
Dans un bureau dit des pensions
Qu'on attribuait aux militaires,
Au Ministère.

Après quoi je dus constater
Que j' n'avais plus qu'à m'encroûter
Dans la routine et l' terre-à-terre
Au Ministère.

L' matin, vers dix heur's j'arrivais,
Avec les garçons j' m'empoignais,
Car c'est toujours un' grande affaire,
Au Ministère.

Puis j' déployais l'*Intransigeant*,
Pour avoir l'air indépendant,
Et j' discutais comme un' portière
Au Ministère.

Quand j' parus assez abruti,
On s' mit à me monter des sci's.
J' pouvais plus clore la paupière,
Au Ministère.

Pourtant ça me turlupinait
De voir que tout l' mond' y pionçait,
Et pas moyen de m' faire la paire,
Du Ministère.

Enfin, au bout d' sept ans et d'mi,
J' finis par êt' nommé commis,
Encor j' n'étais qu'un pauv' stagiaire,
Au Ministère.

Et c'est comm' ça que j' représente
L'administration conséquente
Que nous envi' l'Europe entière,
Un Ministère.

Août 1891.

A VINGT ANS

Air : *On dirait que c'est toi.* (Musique de V. Leclerc.)

A WILLY, Ouvreuse modèle.

Beaucoup de poètes chantent
Toujours leurs vingt ans;
Même y en a qui se vantent
D'un heureux printemps.
Mais pour moi, je vous l'assure,
C'était embêtant,
Lorsque j' cirais mes chaussures,
Quand j'avais vingt ans.

D'abord mes bourgeois d'ancêtres
Me tannaient le cuir
Pour qu'à mes examens d' lettres
Je puss' réussir.
Ça f'sait l'effet d'un cautère
Sur un éléphant,
Car je m' suis fait recalèr-e
Jusques à vingt ans.

Comm' suite à la rigolade,
V'là qu' dans les bureaux,
Au lieu d'écrir' des ballades,
J' fais des bordereaux.

Après douz' mois d' cette vie.
J' m'engag' tout bêt'ment
Dans la gross' cavalerie,
Jugez du chang'ment.

On a beau dire et beau faire,
Y n'y a guèr' moyen.
Pour un simple militaire,
De fair' des béguins.
Dans les villes de province
Quand on est bibi,
C'est bien rare que l'on pince
Permission d' la nuit.

J'ai passé soixante lunes
Dans ce métier-là,
Et j' vous promets que les tunes
Ne rappliquaient pas.
On dit qu'en littérature
C'est presqu' le mêm' prix,
Autant fair' d' l'agriculture
Que d' fair' de l'esprit.

Les poèt's sont des fumistes,
Des affreux farceurs,
Ils prenn'nt un petit air triste
Et la bouche en cœur.
Pour pas dir' que sur la paille,
Les trois quarts du temps.
Ils sont tous là qui rimaillent
Quand ils ont vingt ans.

Avouez qu' vous n' r'grettez guère
Les jours trop ingrats,

Où, nageant dans la misère,
Vous n' faisiez pas gras.
Maintenant que la copie
Se pai' tant et tant,
A quoi sert la nostalgie
Des tristes vingt ans.

17 novembre 1891.

LA

LA MARCHE DES CALICOTS

A Jules Jaluzot.

Entre Montmartre et le Boul' Miche.
En plein boulevard parisien,
Il y a des jeun's gens pas riches,
Mais qui ne dout'nt jamais de rien.
Dès le matin ils s'éparpillent
Dans tous les grands établiss'ments.
Les uns aux Phar's de la Bastille,
Les autr's au Louvre et au Printemps.

Refrain :

Que c'est effroyable
Pour ces pauvres diables,
C' que les patrons sont embêtants,
Mais ça n' les empêch' pas vraiment
D'êtr' toujours gais et souriants,
Car ils sont tous très rigolos,
Les Calicots (*bis*).
Car ils sont tous très rigolos,
Les Calicots.

Ils débit'nt tous leurs marchandises,
Avec un chic très surprenant ;
Près des p'tit's dam's dont les ch'veux frisent,
Ils prenn'nt des airs de soupirants.

Y en a mêm' qu'ont fait des conquêtes
En écoulant des rossignols,
Qu'ils échangeaient contr' les fauvettes
Du quartier chic des Batignoll's.

Le soir ils enfil'nt leurs redingues
Afin d' pousser un p'tit chahut,
A travers tous les vieux bastringues.
Les beuglants. les boît's à vertus.
De calembours ils n' sont point chiches,
S'ils n' peuv'nt pas s' payer des passions.
C'est pas leur faute. ils n' sont pas riches
Ils ont d' Valti la r'production.

Le dimanche et les jours de fêtes,
A Nogent ou au Bas-Meudon,
Ils emmèn'nt de gentill's grisettes,
Et vont s' livrer aux libations ;
Parfois aussi c'est au champ d' courses,
Du Bois d' Boulogne ou bien d'Auteuil,
Qu'ils s'en vont tous vider leurs bourses.
Et qu'ils reviennent dîner à l'œil.

Mais néanmoins tout ça n'empêche
Qu'ils sont vraiment très rigolos,
Le canotage et puis la pêche.
C'est leur plaisir, aux calicots.
Si parfois même, en bicyclette.
Ils ramass'nt de fameux bouchons.
Ça rentr' su' l' compte de la piquette
Qu'ils ont pintée à Robinson.

Les ronds d' cuir et la bourgeoisie
Aim'nt à blaguer les calicots,

Parce qu'ils cri'nt : Vive la Russie,
Et qu'ils ont un peu plus d' culot.
Mais quand arrive l'heure grave
Oùsqu'il faut épauler l' flingot,
Ce sont des gars autrement braves,
Ils n'ont pas l' trac, les calicots.

16 septembre 1891.

AYEZ TOUJOURS UN LOUIS EN POCHE

Air *d'Héloïse et Abélard* (cantique connu).

Enfants d' Paris et d' la province,
Écoutez cett' bonne leçon,
Je la tiens du p'tit-fils d'un prince
Qui par hasard s'est fait maçon :
Où qu' vous soyez, à Vienne, à Loches,
A Singapour, à Manchester,
Ayez toujours un louis en poche,
On n' sait pas c' qui peut arriver.

Si dans l'Égypte jusqu'au Caire,
Vous poussez une excursion,
Aux charmes tentants des moukères
Vous prêt'rez p't-être l'attention.
Ell' n'est pas d' bois, notre bidoche,
Et chacun d' nous a ses péchés :
Ayez toujours cinq piastr' en poche.
On n' sait pas c' qui peut arriver.

Très amoureux de la Russie,
Désirant voir l'exposition,
Vous admirez d' la pharmacie
Les surprenant's exhibitions.

Probablement que vos sacoches
Ne peuvent plus se sustenter.
Ayez toujours cinq rouble' en poche,
On n' sait pas c' qui peut arriver.

A Lohengrin, j'avais envie
De m'octroyer un bon fauteuil,
Mais comm' je tenais à ma vie,
Je n'ai pas pu l'avoir à l'œil ;
J'ai dû casquer comme un alboche
Qui par hasard a des linvés.
Ayez des contre-marqu's en poche,
On n' sait pas c' qui peut arriver.

Y a des gens qu' ont la manie,
En tout' saison de bouquiner.
Y en a qu' ça tient toute leur vie,
Les autr's qu' ça n' prend qu'au mois de janvier.
Y en a qu' achèt'nt Sacher-Masoche,
D'autr's qui préfèrent George Ohnet :
Ayez toujours papier en poche,
On n' sait pas c' qui peut arriver.

Parfois encore aux Montagn's-Russes,
Vous essayez de tuer l' temps,
Avec n'importe quoi, mêm' fût-ce
Un' dans' du ventre, un truc poilant.
N'ayez pas peur, y a des p'tit's mioches,
Qui n' demand'nt qu'à vous consoler ;
Ayez toujours mercure en poche,
On n' sait pas c' qui peut arriver.

21 septembre 1891.

A M. Zidler, directeur du Moulin-Rouge
et du Jardin de Paris.

L' quadrill' naturaliste
Fait la joi' d' nos minist'es.
Car on a vu M'sieu Ri-
Bot au Jardin d' Paris. } *Bis.*

Fatigué d'un régime
Que dirig'nt des infirmes,
Pouvoir exécutif
Et autres chos' en if, } *Bis.*

Et de c' que la Russie,
Ça tournait à la scie,
Alla trouver Zidler,
Et lui dit : Mon très cher, } *Bis.*

J' vous propos' quelque chose,
Ça n' s'ra p't'-êtr pas tout rose :
S'agit d' flanquer à l'eau
L' gouvernement d' Carnot. } *Bis.*

Pour dompter les cohues,
Je crois que la Goulue,
Ça s'rait plus épatant
Que l' ministèr' Constans. } *Bis.*

Pour ram'ner les finances
Dans un état plus dense,
Avouez que Rayon d'Or
Serait une affair' d'or. } *Bis.*

Et puis, pour la justice,
Sans y mettr' tant d' malice,
Trouvez-vous pas Nini-
Patte-en-l'Air très joli'? } *Bis.*

Tous les sergents de ville
March'raient sans s' fair' de bile,
Si mam'zell' Grill' d'Égout
Était grand marabout. } *Bis.*

Et quant au ministère
D' la marine ou d' la guerre,
Vraiment, ne s'rait-c' pas là } *Bis.*
Le blot d' la môm' Tata?

Si ce projet vous flatte,
On se graiss'ra la patte.
Conv'nez, monsieur Zidler, } *Bis.*
Qu' ça s'rait un' riche affaire.

Dès lors qu' Zidler caresse
Ce projet qu' est sous presse,
Nous verrons prochain'ment } *Bis.*
L' nouveau gouvernement.

10 septembre 1891.

LES PETITS PATÉS

(**Souvenirs, Regrets et Parodie**).

A M. Paul Delmet,
Qui en a écrit malgré lui la musique.
(Air des *Petits Pavés*.)

Las de t'attendre dans la rue,
Chez un pâtissier j' suis entré.
Je m' suis gavé d' petits pâtés,
Jusqu'à l'aurore bienvenue ;
Ah ! si tu avais été là (*bis*),
J' suis sûr que t' aurais aimé ça.

Le lendemain, de par les rues,
J'ai bien cherché ce pâtissier,
Mais j' n'ai pas pu le retrouver,
J' savais pus l' nom de l'avenue.
C'était, je crois, bien loin, bien loin (*bis*),
Près d' la barrière de Saint-Ouen.

Ils étaient faits de p'tit's mauviettes,
D'une fin' croût' qui sentait bon.
J' crois mêm' qu'y avait du jambon ;
Ça valait bien une amourette.
Et j'en ai tellement mangé (*bis*),
Que pas un seul n'en est resté.

Mais, pour finir cette vadrouille,
J' n'ai pas pu régler c' pâtissier.
Celui-ci m'a fait arrêter
Par les sergents d' ville en patrouille.
Et j'ai couché au violon (*bis*),
Pour digérer tout mon jambon.

MORALE:

Autant de pâtés par le monde,
De gros et de petits pâtés,
Autant de regrets encavés
Dans ma pauvre âme vagabonde.
Si t' en voyais sur ton chemin (*bis*),
Achèt'-m'en-z-en, moi j' pai'rai l' vin.

20 octobre 1891.

LES LAMENTATIONS DE M. DEIBLER

(Air du *Vitriolé.*)

Au plus récent Guillotiné.

Je suis Monsieur Deibler,
Le bourreau parisien ;
Je n'en ai pas trop l'air,
Car je m' porte pas bien.

Chaqu' semain' j'en frémis,
Faut m' lever à bonne heur'
Afin d' couper l'kiki
D'un malheureux sout'neur.

Du temps du pèr' Grévy,
C'était un' sinécur' ;
Maint'nant c' sacré Sadi
Y me rend la vi' dur'.

Et puis les journaliss',
Des gens bien embêtants,
Veul'nt fair' jouer la couliss'
Et tâter les montants.

Et puis les pantres sont
Souvent récalcitrants :
Tu fais des magn's, cochon !
J'vas t'offrir un pliant.

Ah ! t'nez, c'est dégoûtant,
Ce qu'ils verdissent tous.
J' croirais, c'est épatant,
Qu'ces typ's-là ont la frouss'.

N'ai' donc pas tant le trac.
Tu vois bien qu' c'est un rêv'.
Allume c'ling' : clic-clac !
C'est ta tronch' que j't'enlèv'.

Tu l' sens, c'est vit' fini.
Un souffl', le temps d'y voir.
Dis merci, mal poli.
J'te mendi' pas d' pourboir'.

Ta tronche entre les quill's,
Fil' maint'nant aux Navets.
Cinq plomb's et dix broquill's,
Moi j' vas me pagnoter.

Faudra qu' je m' mette en grèv',
Si ça doit continuer ;
Car je sens que j'en crèv',
J'ai besoin d' me r'poser.

Août 1891.

BALLADE DES VEAUX AMÉRICAINS

(Air de *Fualdès*).

Su' l' boul'vard des Capucines,
Un jeune homme très bien mis
(Il était minuit et demi)
Entra dans une officine,
Où siégeaient des gens très bien
Et des veaux américains.

Y avait pas plus d' trois minutes,
Qu' dans un coin s'était assis,
Survient un' dam' qui lui dit :
Tu n' veux pas jouer... d' la flûte ?
T' as l'air bien gentil garçon,
Moi je jou'rai du... piston.

L' typ' bien mis qu'était poète,
Symboliste et décadent,
Répond : « Si j'avais des dents,
Avec toi je pass'rais p't-ête
Une parti' de la nuit,
Mais, comm' ça, c'est peau d'zebi. »

Après mûr' réflexion faite,
Ell' lui dit : Marchons toujours.
T'es joli comme un amour,

Et tu m' cont' que t' es poète ;
Mais faudra tout d' mêm' casquer
L' sapin pour nous trimballer.

Ils descendir'nt ru' Pigalle,
Au numéro quarant' sept.
Fallut sortir les pépett's ;
Il amena ses quinz' balles.
Or ell' trouva, franchement,
Qu' c'était pas encourageant.

Puis, tout à coup, l'vant la tête
Dans une autre direction,
A s'écri' : Chameau d' garçon,
Qu' a oublié les serviettes,
Attends, je m'en vais l'attraper
Pour pas savoir son métier.

Sur ce, la v'là qui s'esbigne,
Laissant le poète au pieu.
C'lui-ci d'abord est furieux,
Mais après tout, il s' résigne ;
Sa nuit coûtait assez cher,
Pouvait bien en profiter.

MORALE :

C'est pour ça que les poètes
Se sont tous déshabitués,
Le soir, d'aller vadrouiller
Là ousqu'y a des femm's chouettes ;
Ils ont tous lâché Sylvain
Et les veaux américains.

14 octobre 1891.

BALLADE DES JOYEUX BOHÈMES D'ANTAN

Pour Irma Perrot, du Libre.
Villonesque dame.

Point bourrelés de durs tourmens,
Chantaient avec insouciance
Lai, virelai, ballade ou stance,
Moult ils chantaient, les garnemens.
Si parfois quelque châtelaine
Dévoluait sur l'un d'iceux,
Ils la berçaient comme une reine :
Mais où sont bohêmes joyeux ?

Quand les maris, objets clémens,
Rentraient enfin en douce France,
Leur mie était gardée, ô chance,
Sous le gonfalon de l'amant.
Tout doux elles filaient la laine
Sur le rouet des amoureux,
Le front pensif, l'humeur sereine
Mais où sont bohêmes joyeux ?

Finis à jamais ces momens,
Seuls regrets de notre existence.
Adieu, beau page, adieu, romance,
Finis tous ces enchantemens
Siecle barbare nous ramène
Au temps des jacques marmiteux,
O muse ! adieu, ma souveraine,
Mais où sont bohêmes joyeux ?

ENVOY

Princesse, n'ayez point de haine
De cet envoy d'un malheureux.
Pleurons plutôt sur notre peine,
Car où sont bohêmes joyeux ?

25 mars 1892.

LA MARCHE DES CROQUE-MORTS

(*Musique d'*ALCANTER *et* JULIEN PAUL)

A SADI CARNOT

Premier Croque-Mort de France (Hommage d'outre-tombe).

A la sorti' du Pèr' Lachaise,
C'est là qu'on nous voit, les croqu' morts,
Quand nous avons porté nos cor-
Billards, nous v'nons nous mettre à l'aise
En nous faisant bien tristement
Le récit d' nos enterrements.

REFRAIN :

C'est nous les croqu'mor-es (*bis*)
De Paris (*bis*).
Bing. Bang. Boum.
Daoung.

Nous sommes quatre camarades
Qui travaillons différemment.
Népomucène opèr' dans l' grand.
Moi, je turbin' dans les panades.
Pour lui, quand on fêl' son siphon,
Faut avoir d' l'os ou du pognon.

(*Au refrain.*)

Mathieu préfèr' la bourgeoisie.
On n'y fait pas autant d' chopins,
Mais si c'est un peu moins rupin.
On n'a toujours pas cette scie
De se frusquer épatamment
Avec brassards, galons d'argent.

(*Au refrain.*)

— Moi, dit Éloi, je n'ai pas d' chance,
Car jusqu'ici je n'entretiens
Tous mes clients qu' dans du sapin.
Y'en a qui font d' la rouspétance.
Et qui veul'nt mêm' se réveiller,
La preuv', c'est qu'il faut les clouer.

(*Au refrain.*)

Cependant, l' soir, pour me distraire,
Je jou' les Amours au Châtlet.
J'ai du bagout, j' suis pas trop laid,
Et je subjugu' les p'tit's commères ;
Pour récompenser leurs faveurs,
J' les enterr' gratis quand ell's meur'nt.

Au refrain.

— Quoi ! tu te plains, lui répondis-je,
De cette triste position,
Que dirais-j', moi, qui port' les troncs
Des macchabés qu'ont eu litige
Avec ce chouett' gouvernement,
Et qu' n'a pas graciés l' Président :

(*Au refrain.*

Et tous les quatr', levant nos verres,
Nous remercions bien le bon Dieu
De vouloir bien casser l'essieu
Des mendigots et des notaires,
Et répétons notre chanson,
A l'effroi des populations.

(*Au refrain.*)

2 novembre 1891.

BALLADE DES RATS HOMICIDES

AIR : *Hélas! quelle douleur*..... (Cantique fameux).

A Jules Jouy, hommage de son neveu.

Hélas !
Un monsieur noir,
Un certain soir,
Eut un' triste histoire ;
Hélas !
Un monsieur noir,
Un certain soir,
Sortant du *Chat Noir*.
Il avait,
Dans de grandes pintes,
Comme exprès,
Sucé des absinthes.
Hélas !
En ayant bu
Plus qu'il n' fallut,
Dame, il n'y tint plus.

Grand Dieu !
Dans un ruisseau,
Près d'un plein seau,
Rendit à la terre,
Grand Dieu !

Dans un ruisseau,
Près d'un plein seau,
Avec soubresauts.
Ses hoquets
Et ses cris macabres
Attiraient
Les bott's et les sabres ;
Grand Dieu !
V'là qu' les sergots
Trouv'nt le poivrot
Le long du ruisseau.

Mais quoi ?
Sans discuter,
Le font r'lever,
Et l'emmèn'nt au poste ;
Mais quoi ?
Sans discuter,
Le font r'lever
Pour le recoucher
Sur un banc.
Tout à fait à l'air-e,
Là, vraiment,
Il s'eût fait la paire.
Mais quoi ?
Les policiers,
De leur métier
Sont trop pénétrés.

Quel sort !
De s' voir au fond
Du violon
Pour une tell' blague.
Quel sort !
De s' voir au fond
Du violon,

Un si bon garçon !
Là, tout seul,
Cuva sa piquette ;
Comm' linceul
Il prit sa jaquette ;
Quel sort !
N' s'aperçut pas
Que de gros rats
Lui emboîtaient l' pas.

Horreur !
Le lendemain.
Monsieur Mouquin.
Digne commissaire.
Horreur !
Le lendemain.
Monsieur Mouquin
Fit mander l' pékin
Qui s'était
Oublié la veille
Et fêtait
Si bien la bouteille.
Horreur !
N'y avait plus d' corps.
Quel triste sort !
Notre homme était mort !

Ma foi !
Dit le quart-d'œil,
Pleurant d'un œil,
N'ont laissé qu' la ch'mise.
Ma foi !
Dit le quart-d'œil.
Pleurant d'un œil.
Pas besoin d' cercueil.
C'est les rats

Qu' ont commis ce crime.
Scélérats,
Faut qu'on les supprime.
Ma foi !
Avouez, c'pendant,
Qu' c'est embêtant
D' constater en blanc.

Jésus !
L'on enterra,
Sans apparat,
La dépouill' mortelle.
Jésus !
L'on enterra,
Sans apparat,
C' que laissèr'ent les rats
Les parents
D' la triste victime
Réclamant
Quarant'-cinq centimes,
Jésus !
C't indemnité
Fut refusé',
Et l' flic médaillé.

27 septembre 1891.

Chansons Littéraires

Qui n'a jamais vu Bullier?
Victor Cherbuliez.
Qu'est-c' qui s'enfil' des rôtis?
C'est Jules Clar'ti';
Un monarchiste énervé.
C'est monsieur Hervé;
Un marsouin qu'est bien bâti,
C'est Pierre Loti.

Qu'est-c' qui n'aim' pas fair' ses mall's?
C'est le duc d'Aumal';
Qu'est-ce qui préfère Kam-Hill?
Le comt' d'Haussonvill';
Qui soigne les sénateurs?
C'est Monsieur Pasteur;
Et qu'est-c' qui n'est plus très frais?
Le duc d'Audiffret.

Qu'est-ce qui n'a pas la frouss'?
C'est maître Edmond Rouss':
Qui n'a pas dû s' trémousser?
C'est Camill' Doucet;
Qui nous mendi' quarant' ronds?
C'est Jules Simon;
Et qui qu'est l' plus embêtant?
C'est Maxim' du Camp.

Qui nous ras' comme la plui'?
C'est Victor Duruy;
Qui porte des bas de lain'?
C'est ce bon m'sieur Tain';
Qui sirotait des rasad's?
Charles de Mazad';
Qui pai' les p'tit's femm's vingt francs?
C'est Ernest Renan.

Qui couronne les rosièr's ?
    C'est Alfred Mézièr's;
Qui veille sur les palmiers ?
    C'est Xavier Marmier;
Qui protège la couvé' ?
    Ernest Legouvé;
Qui la r'commande au Très-Haut ?
    Monseigneur Perraud.

Pas méchant, mais pas très doux,
    Victorien Sardou;
Qui siffle bien le cognac ?
    C'est Henri Meilhac;
Qui doit être fort en r'tard ?
    C'est Monsieur Gréard;
Et qu'est ce qui le remplac'ra ?
    C'est Emil' Zola.

Juillet 1891.

LE MANUSCRIT DE BERGERAT

(Air connu.)

A Porel,
Directeur du Shakespeare Eden.

Monsieur E. Bergerat
Vient d' faire un tour de force,
Jusqu'au fond de la Corse
Tout l' monde en parlera.

Sachez qu' pour l'Opéra
Son goût est très médiocre.
Il chauss' plutôt le socque,
Monsieur E. Bergerat.

D'ailleurs tout l' monde verra,
Près d' l'Ecol' de Méd'cine,
Un' maison d' très bonn' mine,
Où l'on jou' Bergerat.

Or donc, il se rendit,
Grâce à un véhicule,
Rien des chaises curules,
A l'*Écho de Paris*.

Avait un manuscrit
Plié dans sa serviette,
Se faisait une fête
D' l'envoyer à Cluny.

Dir' c' qu'était c' manuscrit,
C'est pas d' ma compétence.
On y parlait d' la France,
Et mêm' de la Russi'.

Voyez-vous Bergerat,
Là-haut sur l'impériale
De l'omnibus Pigalle,
Se relisant tout bas :

Mais le vent s'en mêla,
Pour comble d'infortune,
Les feuilles, une à une,
Volèr'nt par-ci, par-là.

Colère de l'auteur,
Dans cette circonstance ;
Il perdit sa patience,
Et s'écria, rageur :

« Maudits soient omnibus,
Tramways, funiculaires,
Qui trouv'nt moyen de faire
Un pauvr' diabl' d'un Phébus ! »

Le mal se répara,
Car on dit qu' sur la Seine,
Ce dram' de longue haleine
Fit l' succès d' Bergerat.

MORALE :

Avis aux débutants :
Jetez dedans le fleuve
Les pièces qui ne peuvent
Êtr' joué's directement.

5 septembre 1891.

AU MIRLITON

LES VENDREDIS D'ARISTIDE (Air du « Crime du Pecq »).

A M. Henry Bauer.

Un soir, voulant fair' des bêtises,
Comme c'était la fin du mois.
Et qu' j'aime à rigoler parfois,
J' dis à ma femme Héloïse :
Je vois tout l' temps dans mon journal
Qu'on y vante un homm' sans rival.

Premier refrain :

Les plus huppés, les plus candides,
Ne parlent que du fameux Aristide.
Allons donc voir Bruant,
On dit qu' c'est épatant,
Et qu'on en a vraiment pour son argent. } *Bis.*

Et nous montons jusqu'à Montmartre
Au Cabaret du Mirliton,
Mais, au moment où nous entrons,
L' patron s'écri' : « C'est-y moins de quatre
Que vous êt's tous, tas de... crampons ;
Sans ça tirez-vous des arpions ? »

(*Au premier refrain*)

J' déclar' qu'avec mon Héloïse
J'étais seul ; il crie : Ho là là !
C'te gueule, c'te binett' qu'elle a ;
Pigez l' moujik et sa payse.
Am'nez-moi donc trois galopins,
A la table de ces clampins.

Au premier refrain.)

Mais qu'il ajout' : « Pay'-nous à boire,
A moi et aux copains d'ici,
Comm' c'est aujourd'hui vendredi,
Je m'en vas te chanter la *Noire*,
Et, si tu n'es pas un vieux niaf,
Déclanch' tes battoirs aux Bats' d'Aff.

(*Au premier refrain.*)

« Mais quoi, v la-t-il pas qu' ta ménesse
Va faire ses magn's avec son vieux,
Fallait donc la laisser dans l' pieu,
On voit qu'ell' n'est pas à la r'dresse ;
Ça n' t'empêch' pas, mon vieux copain,
D'ach'ter *Dans la ru'*, mon bouquin. »

Deuxième refrain :

Les plus huppés, les plus candides,
Ne parlent que du fameux Aristide.
Allez donc voir Bruant,
On dit qu' c'est épatant,
Mais on s'y fait rafler tous ses argents. } *Bis.*

Y avait par là des journalisses
Qui nous reluquaient tout le temps ;
Ma femm' me dit : « Allons-nous-en :
— Quoi, qu'il m'répond, tu t' la dévisses,

Et ma dédicac' qu'est là-dessus,
Alors je gard' ton pardessus. »

(*Au deuxième refrain.*)

Il m'a fallu, pour satisfaire
Au désir de ce commerçant,
Ach'ter, pour un' vingtain' de francs,
Sa vi', ses œuvres, puis sa bière,
J' croyais que c' n'était que quinz' sous :
Mais les journaux m'ont monté l' coup.

(*Au deuxième refrain.*)

MORALE

Y a des Oscars, mêm' des poètes,
Qui chaq' jour, dans l'*Écho d' Paris*,
Car c'est le journal que je lis,
Se pay'nt, ô bourgeois, votre tête.
Si vous allez au Mirliton,
N'apportez pas vos picaillons.

(*Au deuxième refrain.*)

15 janvier 1892.

LES MALHEURS D'UN CENSEUR

(Air de *Malbrough*).

A M. Adrien Bernheim.

Il était un censeur — e,
Coupant le... nez de toutes les pièces,
Il était un censeur — *e*
Qui s'app'lait Cyprien. (*Bis.*)

Quand vint au baptistère,
Coupant... le nez de toutes les pièces,
Quand vint au baptistère,
On lui coupa le sien. (*Bis.*)

Censeur au ministère.
Coupant... le nez de toutes les pièces,
Censeur au ministère,
Au bout d' la ru' d' Valois. (*Bis.*)

Des auteurs dramatiques,
Coupant... le nez de toutes les pièces.
Des auteurs dramatiques
Gardait l'œuvre six mois. (*Bis.*)

Quand survint un' tempête,
Coupant... le nez de toutes les pièces,
Quand survint un' tempête,
Coupa c'lui d' Cyprien. (*Bis.*)

Il en perdit... la tête,
Coupant... le nez de toutes les pièces.
Il en perdit la tête,
Et d'vint républicain. (*Bis*.)

Mais s' fit casser les quilles,
Couper.. le nez en deux mille pièces,
Mais s' fit casser les quilles,
Pour s'être rendu cou- (*Bis*.)

Pable d'une critique,
Coupant... le nez de toutes les pièces,
Pable d'une critique
D'un ton par trop jaloux. (*Bis*.)

Et pour ses funérailles.
Découpant... une très vieille pièce,
Et pour ses funérailles
On fit cette oraison : (*Bis*.)

C'était un misérable,
Coupant... le nez de toutes les pièces.
C'était un misérable,
Valait-il un' chanson ? (*Bis*.)

Maint'nant, les jeun's auteur-*e*-s.
Gardant le nez de toutes leurs pièces
Maint'nant, les jeun's auteur-*e*-s,
Pourront montrer le leur. (*Bis*.)

4 novembre 1891.

LE COMITÉ DE VIGILANCE

AIR : *A Gennevilliers.*

(**Dédié à tous ses membres, y compris Raoul Ponchon**).

Dedans Paris, était un vieux bonhomme,
Favoris blancs, et qui paraissait comme
Frisant de près les soixante-quinze ans;
Jadis fort content, maint'nant pudibond,
Et répondant au nom de Jul's Simon.

Tous les deux jours, absorb' du Brown' Séquar-re,
Et si madam' parfois veut crier gare,
Lui de chanter : « Que veux-tu, mon enfant,
Le Comité de Vigilanceté
A l' présider est venu m'inviter,

Quand j'étais jeune, avant d' dev'nir minist'e,
Ell's me suivaient par douzain's à la piste;
M'étant marié, ma tant extrême ardeur
A dû s'accommoder de tes tourments
Ainsi que de tes rares agréments.

Et désormais, jaloux de la jeunesse,
J' veux qu' les jeun's fill's puiss'nt aller à confesse
Et raconter au curé, sans rougeur.
Qu'ell's n' mang'nt pas la morue et le merlan
Que l' vendredi, selon les command'ments.

. . . .

Voilà pourquoi l' Comité d' Vigilance,
Contr' les journaux, à ma suite s'élance.
Au nom de la pudeur et d' la vertu. »
Morale : Il faut, quand on est pudibond,
Rentrer dans la famille Jul's Simon.

25 janvier 1892.

LA CUISSE A VERLAINE (1)

(Air de *Fualdès* précité).

Au Poète A. F. Cazals.

Il était un grand poète,
Très solidement bâti ;
Vers les dix-huit ans et d'mi,
Il était loin d'être bête.
Maint'nant il est symbolisse.
Et, d' plus, a perdu sa cuisse.

Vénérant, comme une sainte,
La plus dang'reus' des boissons,
Comm' beaucoup de poèt's font,
Il s'adonnait à l'absinthe ;
Ça l'a rendu symbolisse
Et lui a fait perdr' sa cuisse.

Certain's gens perdent la carte
Dès qu'ils se trouv'nt en public.
Y en a qu' ont un autre tic
Et qui dis'nt zut à la charte ;
Verlaine est plus symbolisse,
Car chaqu' fois il perd sa cuisse.

(1) Il est de notre devoir de prévenir nos lecteurs qu'il n'a été prémédité ici aucune allusion blessante contre le grand poète, auquel nous avons nous-mêmes dédié une de nos poésies, mais qu'il ne s'agit que d'une fantaisie improvisée sur une table de café.

Y a près d' huit jours, chez Vachette,
Par hasard je m' suis trouvé
Entre lui et Mallarmé ;
Tous les deux s' payaient ma tête,
Sous prétexte que mes cuisses
N'avaient pas l'air symbolisses.

Au bout d' trois grand's demi-heures,
Voyant qu' ça n' se termin'rait
Qu'au dix-huitièm' perroquet
De ces effrayants buveur-es,
J' médite un propos qui puisse
Renverser mes symbolisses.

Quand j'aperçois sous la table,
Env'loppé d'un numéro
Du journal *le Figaro*,
Un objet très malléable.
J' pari', dis-j', que c'est la cuisse
D'un poète symbolisse.

En effet, quand nous nous l'vames
Pour solder consommations,
Immédiat'ment le garçon,
De crier à rendre l'ame :
Monsieur l' poët' symbolisse,
Ne perdez-vous pas vot' cuisse ?

D'puis c' temps-là Verlaine est sombre,
On n' le voit plus au café,
Il craint d'être apostrophé,
A chaque instant par son ombre,
En ces termes symbolisses :
Eh ! l' poët', tu perds ta cuisse !

30 septembre 1891.

LES POÈTES CHAUFFEURS

(Air des *Matelots chauffeurs*, de Yann Nibor).

A Rodolphe Salis,
Lanceur de satellites.

Trois célèbres poètes,
Se rencontrant un soir,
Ils jugèr'nt, à leur tête,
Qu'ils étaient du *Chat Noir*

Refrain :

C'est nous les poèt's chauffeurs,
Qui chauffons, qui chauffons ;
C'est nous les poèt's chauffeurs,
Qui chauffons tous les salons.

L' premier dit : J' dress' des puces
Pour mam'selle Yvanof ;
Le s'cond dit : Moi, j' suis Russe,
Mon nom finit en rof.

(*Au refrain.*)

Moi, dit l' dernier : Je chauffe
L' bateau quand j' suis en mer ;
Pour un rien je m'échauffe
Et je deviens tout vert.

(*Au refrain.*)

Puisque les circonstances.
Douz', ru' Victor Massé,
La faim et les souffrances
Nous ont tous trois placés;

(*Au refrain.*)

Le sire d' Chat-Noirville
Qu' est très hospitalier,
A la cour, à la ville,
Nous fera présenter.

(*Au refrain.*)

L' premier, de poésie
Enivrant son public,
Des s'rins qu'ont la pépie
Gardera quelques tics.

(*Au refrain.*)

Le s'cond vant'ra les charmes
De l'amour en sapin.
Et plus tard, les alarmes
Des bourgeois à pépin.

(*Au refrain.*)

L' troisième, sans fatigue,
Car c'est un franc luron,
Tantôt dans'ra la gigue
Ou chant'ra la chanson.

(*Au refrain.*)

Voici qu'un jour, la presse,
Bizarre dans ses choix,

S'éprit avec ivresse
Du plus ancien des trois.

Au refrain.

Car c'était un poète
Mobile et chaleureux.
En hiver, c'est un' fête
De dormir auprès d'eux.

(*Au refrain.*)

Bien qu'un moins peu mobile,
Le s'cond eut ses faveurs,
N'engendrait pas la bile,
Et f'sait rire les farceurs.

(*Au refrain.*)

Mais l'autre reste en panne
Malgré tous ses efforts,
Attendant que la manne
Vienn' tomber à son bord.

(*Au refrain.*)

MORALE :

Y a tantôt trois années
Que tout ça se passait.
Les chos' sont bien changées,
Pas un ne se r'connaît.

18 janvier 1892.

LES SARS

AIR DE SCIE CONNUE

A Merodack Péladan.

Le premier Sâr des anciens âges
Etait, je crois, un Sar-cophage,
Si d' nos jours il était resté,
Les autres Sârs s'raient enterrés.
Tra la, tra la, tra la, la, la (*bis*).

Tandis qu' maint'nant on en déballe
Chaqu' jour depuis l' Sar-danapale,
N'y a pas que les Mérovingiens
Qui ont connu le Sar-razin.
Tra la, tra la, tra la, la, la (*bis*).

Y en a qui voyag'nt en Sardaigne,
Parc' que c'est là que le Sâr-daigne
Leur expliquer, c'est évident,
Pourquoi qu'il est l' Sâr Péladan.
Tra la, tra la, tra la, la, la (*bis*).

Pourquoi les Russ' ont la peau mate,
C'est qu'ils descendent des Sar-mates,
Et si les mages ont des puc's,
C'est qu' ça leur vient du Sâr-Papus.
Tra la, tra la, tra la, la, la (*bis*).

Et s'il y en a qui nous cèlent
Qu'ils ont connu des Sar-cocèles,
C'est parce qu'ils sont très jaloux
De la renommé' du Sar-dou.
Tra la, tra la, tra la, la, la (*bis*).

Vers les sept heur's, au Mazarine,
C'est alors que tous les Sars-dînent;
Un seul ne fait jamais d'excès,
Sut-on jamais c' que le *Sâr-sait*.
Tra la, tra la, tra la, la, la (*bis*).

MORALE :

Craignez les Sârs en général,
Mêm' quand ils ne pens'nt pas à mal.
Méfiez-vous de leurs Sar-abandes,
Surtout quand on les voit en bandes.
Tra la, tra la, tra la, la, la (*bis*).

24 novembre 1891.

Chansons Diverses

A LA LUTTE

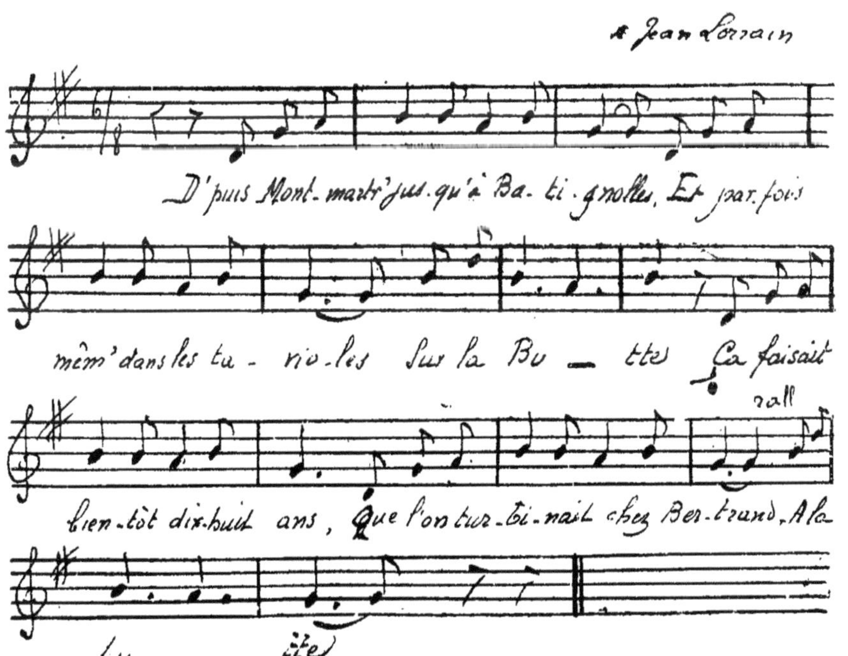

Trainant d'puis longtemps la savate,
On l'app'lait Bouffi-les-jous' plates
Sur la Butte.
Mais pas moyen d' trouver l' pareil
Pour vous soulever les orteils
A la Lutte.

Qui veut lutter? Troup' sans rivale!
Gueulait Bertrand de sa voix mâle
Sur la Butte;
Hé! Pied d' marmite et toi Rouquin,
Faut voir à j'ter l' gant aux pékins,
A la Lutte.

Allons, allons, qu'on en profite,
C'est pas toujours la Saint-Polyte
Sur la Butte;
Y a-t il des amateurs de gants,
Entrez, vous n' pai'rez qu'en sortant
De la Lutte.

Les pantr's apportent leur galette
Parc' que c'est aujourd'hui la fête
Sur la Butte,
Ils veul'nt tous voir des amateurs,
Des homm's, des femm's qui mett'nt du cœur
A la Lutte.

Et tous se tord'nt d'vant la Roussotte
Que l'on app'lait la môm' Carotte
Sur la Butte,
Ell' tomb' crân'ment un caporal
Qui lui mord son sein virginal
A la Lutte.

Bell'vill' Neuilly ou l'Esplanade,
C'est toujours la mêm' rigolade
Qu' sur la Butte;
Et l' populo, triomphal'ment,
Applaudit le vieux pèr' Bertrand
A la Lutte.

La Messe des Oiseaux

LA MESSE DES OISEAUX

La douce solitude est pleine de mystère ;
Dans la clairière coule un filet argentin
Que teintent doucement, en tombant sur la terre,
Les rayons du soleil qui s'enfuit au lointain.

Quel doux concert nous environne
D'accents aussi nouveaux ?
C'est la messe d'amour qui résonne,
La Messe des Oiseaux.

Le silence est profond, les insectes à peine
Oseraient le troubler d'un léger mouvement.
Ils écoutent aussi, ceux qui sont sur les chênes.
Tout prêts à moduler de délicieux chants.

Entendez-vous ce bruit ravissant qui s'élève ?
Le petit rossignol, grand prêtre de ces lieux,
Fait ruisseler les sons en cascades sans trêve,
Tandis que le coucou semble invoquer les cieux.

Et la fauvette aussi adresse son antienne
Au Divin Créateur qui nourrit ses petits.
L'insouciant moineau n'oublie pas la sienne,
Et sur lui le pinson va régler son cui-cui.

O mes petits chanteurs ! quelle messe divine
Vous faites éclater de vos petits gosiers !
Le grand bois, c'est l'église, et l'autel la colline
Où, prêtres ailés, vous venez officier.

Et le vent qui bruit, c'est l'orgue gigantesque,
Tout prêt à soutenir vos tendres oraisons :
Les arbres, les piliers, et les branches, la fresque
De ce temple que Dieu créa pour vos chansons.

Et c'est ainsi qu'avec ma tendre mignonnette,
Tout éperdus d'amour, nous écoutions tout bas.
Amour, toujours amour, nous disait la fauvette,
O jeunes amoureux, reprenez vos ébats.

Plus tendrement sur l'herbe humide de rosée,
Nous nous serrions tous deux, encore frémissants.
Nos regards exprimaient l'amoureuse pensée,
Nos bouches s'unissaient en des baisers brûlants.

Quel doux concert nous environne,
D'accents aussi nouveaux ?
C'est la messe d'amour qui résonne,
La Messe des Oiseaux.

29 septembre 1891.

TABLE

—

www.ingramcontent.com/pod-product-compliance
Ingram Content Group UK Ltd.
Pitfield, Milton Keynes, MK11 3LW, UK
UKHW020420180726
13839UKWH00003B/1356

9 782329 443263